alta mar

Humor

Bruño

La ballena Filomena

Fernando Almena

Ilustración
Lluís Filella

Taller de lectura
María Méndez

Juan Ignacio Luca de Tena, 15. 28027 Madrid
www.brunolibros.es

Dirección del proyecto editorial
Trini Marull

Dirección editorial
Isabel Carril

Edición
Begoña Lozano

Preimpresión
Francisco González

Diseño
Inventa Comunicación

Este libro dispone de un **cuaderno de Lectura Eficaz, Juegos de Lectura, n.° 166**

Primera edición: febrero 2013
Segunda edición: septiembre 2013

ISBN: 978-84-216-8871-7
D. legal: M-888-2013

Printed in Spain

Fernando Almena

El autor

- Cordobés, de La Rambla.
- Ha publicado más de cuarenta libros y ha sido traducido a diversos idiomas.
- Algunos de sus libros han sido premiados (Premio El Barco de Vapor, Premio Villa de Ibi, Premio AETIJ…). Por su obra para niños, ha sido incluido en la Lista de Honor del Banco del Libro de Venezuela y tres veces en la de la CCEI.
- Además, ha obtenido el Premio Internacional Vieira de Humor de narrativa. Y es que el humor le encanta, por eso está presente en gran parte de su obra.
- En esta colección tiene publicados dos libros de humor: *Marcelo Crecepelos* y *El pavo Facundo.*

alta mar

Para ti...

Hola:

Seguro que ya has descubierto el placer que supone leer un libro. Quizá te gusten los libros divertidos porque te lo pasas muy bien y te animan a leer.

Este que tienes en las manos creo que te va a encantar. Esa fue mi intención cuando lo escribí.

Y si no has leído aún un libro, esta es la ocasión.

Deseo que disfrutes con la ballena Filomena y sus amigas las gaviotas, que la ayudan a hacer un viaje muy especial... Nada más y nada menos que... ¡volando!

Tu amigo,

La ballena Filomena

EN las tranquilas aguas del mar había una isla muy pequeñita que siempre estaba cubierta de gaviotas blancas.
A su alrededor, otras gaviotas nadaban o volaban para lanzarse después al agua en busca de pececillos.

Cuando se cansaban, se posaban sobre la islita para descansar. Pero como no había sitio porque estaban muy apretujadas, cada vez que iba a aterrizar una gaviota, otra tenía que levantar el vuelo para cederle el sitio.

—¡Me toca, me toca...! –gritaba una que quería posarse para descansar.

De repente, en la islita brotó un potente chorro de agua entre las gaviotas. Algunas fueron arrastradas hacia arriba por la poderosa fuerza del surtidor. Daban vueltas y vueltas, subían y bajaban en el chorro sin conseguir levantar el vuelo.

—Pero, bueno, ¿quién ha abierto el grifo? –preguntó una gaviota en plan guasón.

—¡Socorro, bajadme de aquí! –gritaba otra.

—¡Qué guay! –voceaba la más juguetona, entre risas.

—Mamá, yo también quiero montar en el chorro –pedía una pequeñita.

En ese momento una enorme cola surgió del mar y golpeó con fuerza el agua. La islita comenzó a moverse. Las gaviotas emprendieron el vuelo sorprendidas.

—¡Jo, Filomena, déjanos descansar...!

No, aquello no era una isla, era una ballena azul muy jovencita, de casi diez metros de largo, que de lejos parecía un diminuto islote.

—Es que me aburro... Además, ni siquiera pagáis por aparcar encima de mí.

—¡Eh, que nosotras no somos coches! –protestó con orgullo una gaviota macho.

—Ni tenemos culpa de que te aburras –contestó otra.

—Sí que tenéis la culpa –gruñó Filomena.

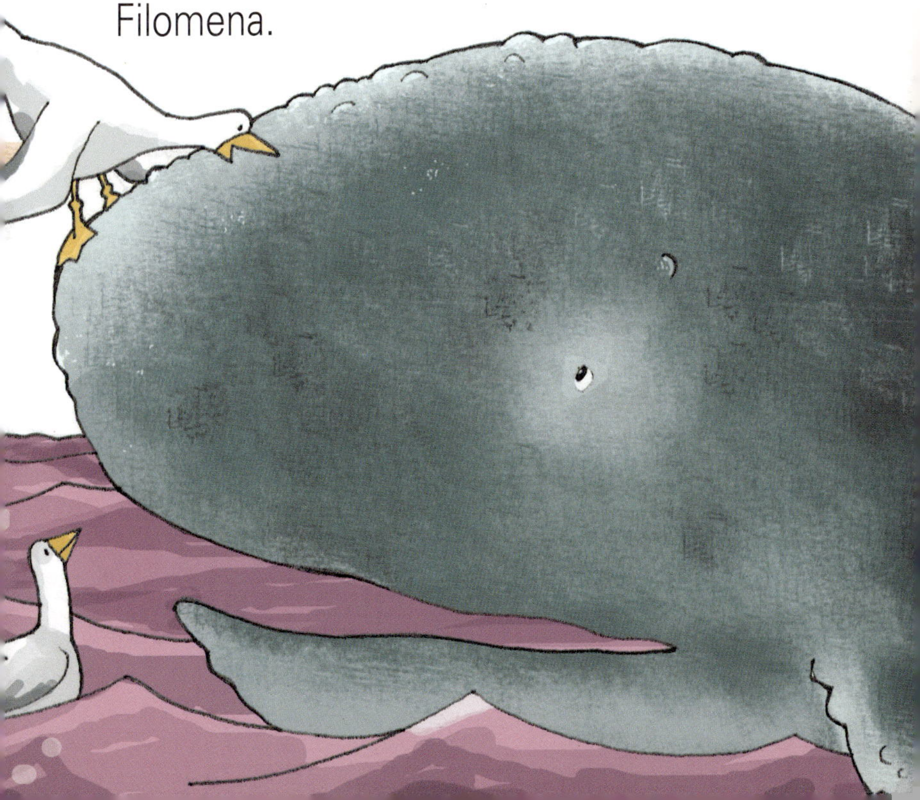

—¿Y qué quieres que hagamos para que no te aburras? Ya te hemos contado todos los cuentos y cantado todas las canciones que sabemos –dijo la gaviota que parecía más vieja.

Filomena pensó, pensó y pensó..., y después de mucho pensar, pidió:

—Quiero que me llevéis a tierra para conocer mundo.

—¿Mundo? ¡Estás loca! Tu sitio está en el agua.

—Nada de eso. Yo soy un mamífero, no un pez.

—¿Como las vacas? –preguntó otra gaviota.

—Sí, igual que las que pastan en el monte que hay detrás de la playa.

Las gaviotas más jóvenes se echaron a reír.

—¡Como las vacas! –repetían, y se partían de risa.

—Nosotras no podemos llevarte a tierra, pesas demasiado.

—Además, tu cuerpo está acostumbrado a vivir en el agua, y en tierra tu propio peso te aplastaría. Sería terrible para ti –añadió la gaviota anciana.

Filomena se quedó pensativa... Eso de que su propio peso la pudiera aplastar la asustaba un poco. Pero, a pesar de su corta edad, tenía ideas geniales. Mientras seguía dándole vueltas a la cabeza, expulsó tres altos chorros de agua, levantó su enorme cola en forma de pala, y de repente dijo:

—¡Ya lo tengo, ya lo tengo! Quiero que me llevéis a un gran estanque.

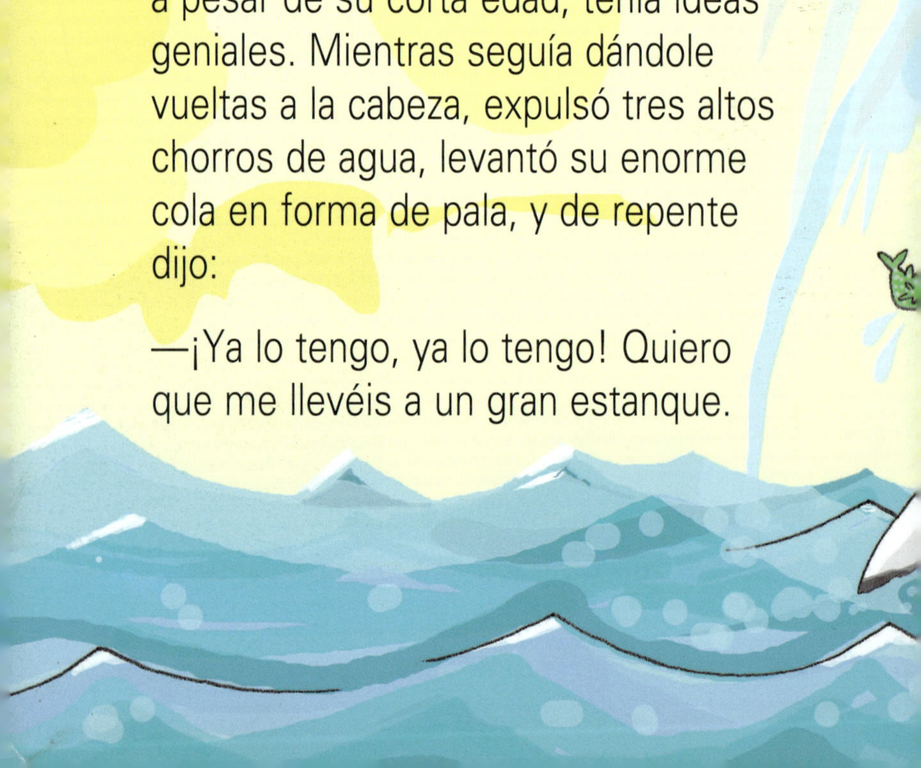

Las carcajadas de las gaviotas no pudieron ser mayores. Algunas, de la risa, hasta daban volteretas en el aire.

—Pues si no me lleváis,
no os conduzco más a donde hay pececillos ni os dejo que descanséis sobre mi lomo, ¡hala!

—Eso es una faena... Tu ayuda es fundamental para localizar bancos de peces.

—Además, no podemos estar tanto tiempo en el aire cuando nos llevas mar adentro porque nos cansamos. Y si nos posamos en el agua, nos golpean las olas. No puedes hacernos eso, Filo.

La ballenita pegó un coletazo y refunfuñó:

—Prrr... pluf... brrr... chis... plus... chip..., si no me lleváis.

Ninguna gaviota entendió lo que Filomena había dicho, pero su tono amenazante de jovencita caprichosa no las dejaba muy tranquilas... Comenzaron a quejarse con gran algarabía, como solo ellas saben hacerlo.

La gaviota anciana levantó la voz:

—Tranquilas, tengo una idea. Sé dónde vive Celestino Parlafino, el hombre que habla con los pájaros.

—Ningún hombre puede hablar con los pájaros –respondieron a coro las gaviotas.

—¿Y alguna mujer? –preguntó con inocencia una de las más jovencitas.

—Tampoco –le contestaron.

—Pues el hombre que os digo, sí. Viaja por los aires en un gran globo, y habla con los pájaros que encuentra.

—¿Y si se encuentra con un murciélago? –volvió a preguntar la jovencita.

—No sé si sabrá hablar con los murciélagos, que son mamíferos.

—¡Anda, como yo! ¡Y además vuelan! –exclamó Filomena.

La anciana gaviota empezaba a desesperarse con tanta interrupción, pero continuó:

—Os iba a decir que podríamos envolver a Filomena en una red de pescadores, atarla al globo y que Celestino la llevara volando tierra adentro, hasta un gran estanque.

Todas las gaviotas pusieron cara de quien ha oído un cuento.

Ninguna parecía convencida, salvo Filo, que lanzaba chorros y palmoteaba con su cola sobre el agua:

—¡Qué guay! ¡Así, además de ser mamífero y parecer un pez, podré volar como las aves!

La gaviota jovencita sonrió y dijo:

—O como los murciélagos, ¿eh, Filo?

Eso de ser como un murciélago no le hizo mucha gracia a la ballenita. No había visto ninguno, pero su mamá le había dicho que eran muy feos, y que parecían ratones con alas. Aunque, en realidad, le daba un poco igual, porque tampoco había visto ningún ratón.

No les resultó nada fácil a las gaviotas encontrar a Celestino ni convencerlo para que transportara con su globo a Filomena.

—Como con el peso se caiga el globo y me mate, os arranco a todas la cola.

—Trato hecho –le contestaron.

Pero, además, le tuvieron
que prometer que le darían
a cambio un saco de conchas
y caracolas marinas, tres cangrejos
patizambos, un erizo rubio
y el silbato de un policía municipal
para dirigir con él, desde su globo,
el paso de las aves.

Lo más difícil de conseguir fue el silbato, porque todos los policías lo llevaban guardado en un bolsillo. Hasta que un día, una gaviota oyó unos pitidos y vio que un policía lo tenía en la boca mientras con los brazos dirigía el tráfico. No se lo pensó dos veces, se lanzó en picado, agarró el silbato con el pico y escapó a toda la caña que le permitían sus alas. El guardia se pegó tal susto, que se cayó para atrás y, ¡chof!, quedó sentado en un charco.

—Ha sido una gigantesca águila. Me quitó el silbato y escapó echando virutas antes de que pudiera defenderme, que si no...

—¿Estás seguro, Marcelino? –preguntaba una y otra vez el jefe de la policía–. ¿No sería un gorrión?

—Los gorriones los distingo muy bien. Era un águila muy peligrosa, tanto que por lo menos me merezco la medalla al valor.

El jefe le señaló los pantalones mojados y dijo:

—¿Al valor? Si del susto te has hecho pis...

—¿Pis yo?, porque el águila me empujó y me caí a un charco. Quiero una medalla.

—¿Y no te conformarías con una coca-cola? –propuso el jefe mientras echaba una moneda en la máquina de bebidas.

—Bueno, menos da una piedra, ¡venga esa coca-cola! Pero me tendrá que dar un silbato nuevo.

—No hay presupuesto, así que, cuando tengas que pitar, hazlo con la boca.

—Pero yo no sé silbar...

—Pues canta.

Desde ese día la gente pensaba que el guardia Marcelino se había vuelto loco, porque para dirigir el tráfico, en vez de pitar, cantaba.

Las gaviotas tomaron prestada una red enooooorme a los pescadores, la echaron sobre Filomena y la envolvieron con ayuda de sus picos y patas. Celestino enganchó la red al globo e hizo que se elevara. La ballenita estaba encantada.

—¡Vuelo! Soy el único mamífero volador.

—Te olvidas de los murciélagos –le recordó la joven gaviota.

—¡Y dale con los murciélagos! ¡Qué plasta! Bueno, sin contar los murciélagos... Pero ellos no saben nadar...
¡Hala, chínchate!

Para evitar problemas, el viaje lo hicieron de noche, cuando todos dormían.

Todos, menos Vicente, un anciano entre brujo y vidente, que celebraba reuniones nocturnas con sus jóvenes discípulos en su casa de la playa. Esa noche, les hablaba del fin del mundo de espaldas a la ventana:

—Cuando las ranas críen pelo, nazcan perros verdes o vuelen las ballenas, habrá llegado el fin del mundo.

En ese instante el globo pasaba junto a la casa de Vicente. Los discípulos vieron aparecer la cara risueña de Filomena detrás de los cristales de la ventana y... ¡pegaron un respingo! Empezaron a gritar y escaparon a la carrera, atropellándose unos a otros. El anciano vidente, que aún no había visto a la ballenita, gritaba:

—No corráis, que para eso todavía falta mucho...

Pero cuando se giró y vio a Filomena, echó a correr tan rápido, que pronto adelantó a sus discípulos.

Cuando amaneció, Filomena estaba ya nadando tan ricamente en el gran estanque de un parque.

Los primeros que aparecieron en el parque fueron unos corredores que hacían *footing* antes de ir al trabajo. Al ver a Filomena ni se inmutaron, solo comentaron:

—Mirad, una ballena que parece de verdad, e incluso se mueve.

—Será un muñeco mecánico. Otra idea del alcalde, seguro.

—No sabe qué nueva chorrada inventarse para gastar el dinero de nuestros impuestos.

Y continuaron corriendo como si tal cosa.

Más tarde apareció la pipera para montar su puesto frente al estanque. De repente, vio a Filomena y pegó un grito terrible:

—¡Socorro, el monstruo del lago Ness!

Pero como no había nadie que oyera sus gritos, se encogió de hombros y continuó montando su puesto. Media hora después aparecieron varios paseantes. Al ver a Filomena, una señora gritó:

—¡Socorro, el monstruo del lago Ness!

—Señora, cómo va a ser el monstruo del lago Ness si este no es el lago Ness, sino el estanque del Parque Municipal.

—¡Socorro, el monstruo del Parque Municipal! –rectificó, y se desmayó.

Los paseantes se asustaron al verla caída, tiraron de móvil y pidieron ayuda.

—Anda, pues es verdad, hay un monstruo en el estanque –comentó uno de ellos.

Instantes después aparecieron una ambulancia, un coche de la policía y un señor bajito de Albacete, que había venido a la ciudad a pasar unos días.

La pipera, en cuanto vio la ambulancia y a los policías, se puso en pie de un brinco y se hizo la despistada.

—Es que esa señora se desmayó al descubrir el monstruo del estanque.

Todos los recién llegados, al ver a Filomena, exclamaron: «¡Un monstruo...! ¡Un monstruo...!». Menos el señor bajito, que aseguró:

—No es un monstruo, sino una ballena.

—¿Y usted por qué sabe que es una ballena? –preguntó uno de los guardias.

—Porque soy de Albacete.

—¡Ah!, bueno –dijo el policía, y llamó por un aparato a sus jefes.

—Miren, en el estanque del Parque Municipal hay un señor de Albacete...

—¿En bañador? Hágale salir de inmediato –respondieron por el aparato.

—No, perdón, no es eso, un monstruo...

—Espera, déjame a mí que soy más alto –dijo su compañero–. Miren, no está dentro, sino fuera del estanque. Dentro hay una ballena.

—Pero bueno, ¡ustedes están locos! ¿Cómo va a haber una ballena? ¡Ni fuera ni dentro! No se muevan de ahí que ahora vamos.

Cuando llegaron ya estaba
allí la televisión, un millar de curiosos,
diecisiete jubilados con caña de pescar,
a ver si picaba la ballena,
y la pipera, que se había subido
a su silla y voceaba:

—¡Yo fui quien primero vio a la ballena! ¡Cacahuetes, chicles, pipas, piruletas, chuches...! ¡Alquilo la silla para ver mejor a la ballena!

Pero la gente no le hacía caso. Eran tantas las personas, que dieron un empujón a la silla y la pipera saltó por los aires y fue a caer sobre el señor de Albacete. Se agarró a su cuello y no había forma de que lo soltara. El hombre intentaba soltarse del abrazo mientras le decía:

—Señora, suélteme, que como salga en la tele y me vea mi mujer con usted abrazada a mi cuello, me la cargo.

Tanto se movían, que tropezaron con el tenderete y fueron a caer sobre él. El suelo se llenó de chucherías. La gente se lanzó a cogerlas como cuando tiran caramelos en la cabalgata de Reyes, y en un momento se formó una montonera de personas, unas sobre otras. Un niño preguntó:

—Papá, ¿han llegado los Reyes Magos?

La pipera, que tenía un paraguas en lo que quedaba del tenderete, lo cogió y empezó a pegar paraguazos a todo el que se le ponía a tiro hasta conseguir que se apartaran. Recuperó gran parte de su mercancía, y además, dos pares de zapatos, tres relojes, cuarenta y tres euros en monedas, una pastilla de jabón y una dentadura postiza.

—¿La quiere usted? –ofreció la pipera al señor de Albacete.

—No, gracias, ya he comido.

Entretanto, Filomena estaba feliz de ver tantas personas, y tan cerca. Porque solo había visto a la gente en bañador en la playa y desde muy lejos, pero ahora resultaba más emocionante. Se paseaba de lado a lado del estanque mientras las carpas, llenas de miedo, daban a su paso unos saltos tremendos fuera del agua.

Uno de los pescadores le dijo a otro, señalando a Filomena:

—Yo un día en el pantano pesqué una carpa casi tan grande como esa. No le digo más que no la pude sacar del agua...

—Le comprendo. Yo en un espigón de la costa pesqué un atún más grande que ese bicho. No le digo más que tuvieron que llevar un barco con grúa para poderlo sacar del agua.

—Me parece un poco exagerado.

—¿Quién, yo?

—No, el tamaño del pez.

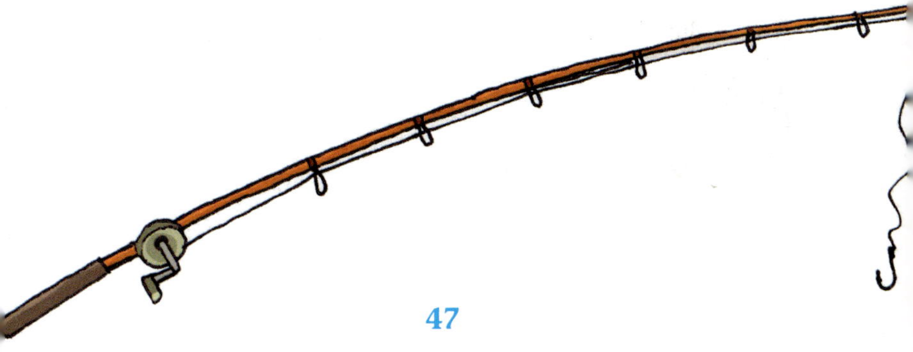

Pero lo que a Filomena le pareció divertido, poco a poco, conforme iba llegando más gente, empezó a resultarle incómodo por culpa del ruido, que la aturdía. A mediodía apareció el alcalde, rodeado de sus concejales más pelotilleros y de sus concejalas más guapas. Los policías y guardaespaldas les abrieron paso hasta el borde del estanque. Cuando el alcalde vio la ballena, pidió que le acercaran un micrófono. No se sabe cómo, pero de inmediato quedaron instalados unos gigantescos altavoces, y el alcalde anunció:

—Este tiburón lo debe la ciudad al...

—No es un tiburón, sino una ballena –le apuntó uno de los concejales.

—Esta ballena, que parece una docena de tiburones, es uno de los frutos de nuestra gestión. «Nuestra» quiere decir «mía». Y la hemos traído del mar para que disfruten ustedes y, sobre todo, los niños. En este acto la declaro bien municipal, y queda terminantemente prohibido comérsela.

El ruido de los altavoces y la música que después empezó a sonar por ellos le pareció terrible a Filomena. Se asustó un montón e intentó sumergirse como cuando estaba en el mar, pero el estanque no tenía profundidad suficiente. Arrastró su barriga sobre el fondo y enseguida tuvo que elevarse porque se arañaba. Y es que en el fondo no había mullida arena, sino latas, botellas, trozos de ladrillo, lingotes de oro y otras guarrerías. Esas que ni el mar quiere y las arrastra, cuando se enfurece, hasta la playa.

Como el alcalde vio que estaba la televisión, buscó con la mirada algún bebé para besar, que queda como muy fino y bonito, y da votos. Pero no había ninguno, lo que no le hizo demasiada gracia.

—A ver, necesito salir en la tele dando un beso.

La pipera y el señor bajito, que estaban muy cerca, se ofrecieron.

—Mire, señor alcalde, si le valgo yo..., soy la pipera.

—O yo, que soy de Albacete...

El alcalde arrugó la nariz y fingió que no les había oído.

Cada vez había más curiosos alrededor del estanque. Ya no cabía nadie más en el parque. Los de las últimas filas ni siquiera sabían qué sucedía:

—Oiga, ¿usted sabe qué ocurre aquí?

—No tengo ni idea, pero como hay tanta gente, seguro que regalan algo.

—Entonces me quedo.

Todos chillaban y vociferaban. Filomena estaba empezando a volverse loca con el ruido. Para remate, acudieron con su música la banda municipal, siete grupos de roqueros, dos de raperos y un conjunto de jazz.

Luego, la gente, que se había llevado merienda por si aquello se alargaba, comenzó a lanzar al agua trozos de pan, cáscaras de naranja y de plátano, servilletas de papel, sobrecitos de ketchup y de mostaza, jamones y cuanto creían que podría alimentar a la pobre ballena.

No tardó demasiado tiempo en estar toda el agua cubierta de restos de comida. Pero a Filomena nada le llamaba siquiera la atención. No era su alimento, y eso que estaba muerta de hambre, acostumbrada a zamparse varios cientos de kilos de crustáceos al día.

La ballenita pensó que ya había conocido suficiente mundo, y empezó a echar de menos el mar, a su mamá y a su pandilla de ballenatos. Se dio cuenta de que se había equivocado en su aventura. Y para colmo, aprovechando el barullo, unos chicos empezaron a tirarle piedras.

Filomena nadaba de un lado a otro del estanque llena de espanto, y cuanto más se acercaba a las orillas, más insoportable se le hacía el ruido. Necesitaba estar sola. Pero no sabía cómo podría ahuyentar a toda aquella multitud de personas. De repente, tuvo una idea. Levantó su cola, golpeó con fuerza el agua y la lanzó a los curiosos.

Un chaparrón cayó sobre parte de los espectadores de las primeras filas, precisamente el grupo en que se encontraban el alcalde y los concejales.

Pero lo que lanzó no fue solo agua, sino también, del impulso, una enorme carpa que nadaba cerca.

La carpa fue a caer precisamente sobre el alcalde, que, del golpe, fue a parar al suelo. Quedó sentado y con la carpa entre los brazos. Los de la televisión se acercaron con sus cámaras porque para ellos era noticia ver al alcalde y a los concejales totalmente empapados, pero más lo fue descubrir la tierna imagen de su alcalde acunando una carpa en sus brazos como si fuera un bebé.

Una de las concejalas se acercó, chapoteando, al alcalde y le dijo muy bajito:

—¿No querías salir en la tele besando un bebé?, pues aprovecha y besa la carpa, que te están televisando.

El alcalde puso una cara muy rara y contestó:

—¡Puf, qué asco! Tomad, devolved la carpa al estanque.

En esto, Filomena, viendo el éxito que había tenido, se puso a dar coletazos y a lanzar agua en todas direcciones. Los de las primeras filas, empapados y sin ganas de mojarse de nuevo, echaron a correr, gritando despavoridos. Los de las filas de detrás, al verlos correr, se asustaron y los imitaron. Todo eran gritos y carreras.

—¡El monstruo ataca! –gritaban unos.

—¡Sálvese quien pueda! –exclamaban otros.

En unos instantes no quedó en el parque más que el grupo del alcalde, los concejales y el señor de Albacete. ¡Ah!, y la pipera, que, para no ser menos, también gritaba:

—¡Cacahuetes, piruletas, chicles, pipas, chuches...!

El suelo había quedado sembrado
de latas de refrescos, bolsas
de plástico, palomitas de maíz,
trece televisores, una silla de ruedas,
un colchón y cinco mil hojas
de periódicos gratuitos.

El alcalde ordenó:

—Que cierren el parque hasta
mañana, que ya veremos qué hacemos
con la ballena.

Pero nada pudieron hacer porque esa noche, cuando todos dormían, volvieron las gaviotas para ver qué tal le había ido a Filomena.

—Fatal. No fue una buena idea, no. Quiero volver al mar, y además estoy muerta de hambre.

—¿No te gustó el mundo, Filo?

—Nada, solo hay ruido y suciedad.

Las gaviotas, en su mayoría, pensaron que lo mejor sería dejarla allí un par de días para que aprendiera la lección. Pero la gaviota anciana dijo:

—No es bueno que Filo esté aquí. A saber lo que harán con ella. Además, su madre la estaba buscando.

Así que volvieron a envolverla en la red
y Celestino la transportó hasta el mar.

Filo se puso muy contenta cuando
estuvo en el agua, y su mamá también,
cansada de tanto buscarla.

A media mañana, el alcalde ordenó que abrieran el parque. Fue con sus concejales al estanque, pero no encontraron ni restos de la ballena.

—Una ballena no viene y se va sin dejar rastro. ¡Ni que volara! –dijo el alcalde.

Uno de los guardas del parque se acercó y comentó:

—Yo creo que todo ha sido cosa de magia y que no ha habido ballena.

—Magia, sí, sí... Pues que me quiten el carpazo que me llevé –respondió el alcalde, tocándose la nariz, que del golpe se le había puesto como un tomate.

Y entretanto, lejos de allí, un montón de gaviotas se apiñaban sobre una islita en medio del mar en calma.

—Chicas, desde hoy podéis estar sobre mí cuanto tiempo queráis.

—Gracias, Filo, eres una amiga.

Fin

alta mar

Taller de lectura

La ballena Filomena

La ballena Filomena es una divertida historia de amistad. Las gaviotas hacen todo lo posible para que se cumpla el gran deseo de su amiga Filo de conocer mundo...

1. Cinco personajes se han escondido en esta sopa de letras. ¡Seguro que los encuentras! Busca de izquierda a derecha y de arriba abajo.

C	G	A	V	I	O	T	A	S
E	A	S	D	F	G	H	J	K
L	Q	P	W	R	T	Y	P	X
E	F	I	L	O	M	E	N	A
S	X	P	R	F	H	J	Ñ	L
T	Z	E	X	C	V	B	N	M
I	Q	R	Z	W	S	X	D	C
N	W	A	L	C	A	L	D	E
O	T	G	B	Y	H	N	J	M

2. Ya sabes que los mamíferos nacen del vientre de su madre y se alimentan de su leche. Rodea los mamíferos.

3. Ordena las frases para contar lo que hicieron para llevar a Filomena al estanque.

(2) Envolvieron a Filomena en la red con la ayuda de sus picos y patas.

(3) Celestino enganchó la red al globo.

(1) Las gaviotas tomaron prestada una red enooooorme a los pescadores.

(4) Celestino la llevó volando tierra adentro hasta un gran estanque.

4. Relaciona cada personaje con lo que dice.

FILOMENA

ALCALDE

LA PIPERA

UNA GAVIOTA

¡Cacahuetes, chicles, pipas, piruletas, chuches...!

Es que me aburro...

Tu ayuda es fundamental para localizar bancos de peces.

Que cierren el parque hasta mañana.

5. Colorea las razones por las que Filomena se dio cuenta de que se había equivocado en su aventura.

No soportaba el ruido.

Estaba feliz de ver a tantas personas.

El estanque no tenía profundidad para sumergirse.

No tenía suficiente comida.

6. Completa la frase con la que termina el cuento. Faltan las vocales.

GRACIAS, FILO,

ERES UNA AMIGA

Índice

Series de la colección

- Aventuras
- Ciencia Ficción
- Cuentos
- **Humor**
- Misterio
- Novela Histórica
- Novela Realista
- Poesía
- Teatro

Títulos publicados

A partir de 6 años

62. Concha LÓPEZ NARVÁEZ y Carmelo SALMERÓN. **El parasubidas** (Aventuras) ●
65. Alfredo GÓMEZ CERDÁ. **La gota de lluvia** (Cuentos) ●
72. Carmen VÁZQUEZ-VIGO. **¡Cumpleaños feliz!** (Cuentos) ●
73. Mercè COMPANY. **Los dientes del león** (Aventuras) ●
86. Marta OSORIO. **El pavo real** (Cuentos) ●
89. Ángel ESTEBAN. **Háblame del sol** (Cuentos) ●
93. Lucila MATAIX. **Un gigante en el bolsillo** (Cuentos) ●
101. Juan Alfonso GIL ALBORS. **Patatín, Patatán, Patatón** (Teatro)
105. Paul van LOON. **Sam, la superdetective** (Misterio)
107. Carmen MORALES. **Bigote blanco-Bigote negro** (Cuentos) ●
110. Marina SEOANE. **¿Dónde están mis dibujos?** (Cuentos) ●
121. Gabriela KESELMAN. **Papá se casó con una bruja** (Cuentos) ●
124. Concha LÓPEZ NARVÁEZ y Carmelo SALMERÓN. **Tomás es distinto a los demás** (Cuentos) ●
127. Joan de Déu PRATS. **Un safari en el salón** (Humor) ●
129. Kara MAY. **Gato, su bruja y el monstruo** (Cuentos) ●
130. Rafael ESTRADA. **El tesoro de Caramujo** (Cuentos) ●
132. Lucila MATAIX. **Papá no quiere ser pingüino** (Cuentos)
134. Elena O'CALLAGHAN. **Un cumpleaños especial** (Cuentos) ●
138. Elvira MENÉNDEZ y José María ÁLVAREZ. **Caos en el súper** (Humor)
144. Elvira MENÉNDEZ y José María ÁLVAREZ. **Caos en la boda** (Humor)

146. Pablo BARRENA. **¿Dónde estás, gusanito?** (Cuentos)
148. M. Dolors ALIBÉS. **Grillo Pepinillo** (Cuentos)
154. Fernando LALANA. **Crok** (Cuentos)
155. Montserrat del AMO. **Álvaro a su aire** (Cuentos) ●
162. María Isabel SAN MARTÍN. **Un dragón en el tazón** (Cuentos) ●
163. Rose IMPEY. **Las aventuras de la brujita Witchy Witch** (Aventuras) ●
164. Rose IMPEY. **La brujita Witchy Witch y su dragón** (Aventuras) ●
171. Fernando LALANA y José María ALMÁRCEGUI. **Cleopatra y el ratón Pérez** (Cuentos)
172. Elvira MENÉNDEZ y José María ÁLVAREZ. **Caos en Carnaval** (Humor)
178. Rose IMPEY. **La brujita Witchy Witch y sus amigos** (Aventuras) ●
179. Concha LÓPEZ NARVÁEZ y Rafael SALMERÓN LÓPEZ. **Cerdita quiere otra mamá** (Cuentos)
183. Achim BRÖGER. **Jacobo y el sombrero mágico** (Cuentos)
187. Paloma MUIÑA. **¿Qué le pasa a papá?** (Cuentos)
192. Sergio LUZ. **Las divertidas aventuras de la bruja Pamplinas** (Aventuras)
194. Alfredo GÓMEZ CERDÁ. **Macaco y Antón** (Cuentos) ●
199. Manuel L. ALONSO. **El monstruo de Nicolás** (Cuentos) ●
202. Fernando ALMENA. **La ballena Filomena** (Humor) ●

● Dispone de cuaderno de Lectura Eficaz.

También te gustarán

Otros libros de cuentos

Cleopatra y el ratón Pérez
Fernando Lalana y José María Almárcegui
Colección Altamar, n.° 171

El padre de Cleopatra es escritor. Por eso, ella siempre regala libros en los cumpleaños de sus compañeros. Pero ya está un poco harta de hacerlo porque piensa que un libro es un regalo pequeñajo y pobretón. Cleopatra le da vueltas y más vueltas a la cabeza. ¿Cómo conseguir regalos estupendos y carísimos para sus amigos? Por fin, cree haber encontrado la solución: ¡el ratón Pérez! Pero Pérez no está dispuesto a seguirle el juego a Cleopatra...

Otros libros de humor

Caos en la boda
Elvira Menéndez y José María Álvarez
Colección Altamar, n.° 144

Después del loquísimo *Caos en el súper*, llega esta nueva aventura de Sara y Emilio, esta vez en una boda. En la batalla campal que se organiza en el banquete no faltan los calamares y los langostinos voladores, además de la tarta nupcial con «sorpresa»... Al final, y como siempre, nadie sabe explicar qué ha pasado, pero, eso sí...: ¡reconocen que se han divertido de lo lindo!